Doris Runge

trittfeste schatten

Doris Runge

trittfeste schatten

Gedichte

Deutsche Verlags-Anstalt
Stuttgart München

1

nachts

wenn es mich
zurückzieht
mir die knie
anwinkelt
den kopf
beugt
einschlägt
mich reisefertig macht
zügig geht es voran
hinab zurück und vorbei
hier schlug die ackerwinde wurzeln
die liebe schlug die augen auf und das lager
und machte ein feuer
kein hüsung
dort schnappte die herzfalle zu
mit billigem reim
schmerzhaft
traf das vorgesehene ein
schneller als
die menetekel
lese ich
rückwärts
was war
nicht wirklich war
nicht zu leugnen ist
das morgengrauen
die greise jungfer
entreißt mir
die nachtfrucht

nicht zu übersehen

eine funktionsstörung
eine art legasthenie
ich verwechsle
die zeichen
wasser land
schwimme wo ich
gehen sollte
gehe wo ich
schwimmen sollte
hier wie dort
beschwerlich
der fortgang
für den letzten
transport
gottlob
ist gesorgt
eine trage und
mit glück
ein upgrade
ein flug

lachen

auf allen kanälen
rotnasige großmäulige
zum totlachen
wie sie vom himmel
fallen erschossen
erdolcht erdrosselt werden
ohne vorwarnung
im fernsehsessel
der tod
sagt mein
seltsamer gast
trifft immer
die anderen
und lacht

notbeleuchtung

stundenweise kaltes licht
das schwarzstämmige gerüst
trägt kein dach
windige zimmerleute
saisonarbeiter
der hausherr abgereist
versprach uns das grüne
vom himmel fiel
der kurs das blatt
kein zufall
nichts was zu fall kommt
ist zufällig
und was da fällt und
im fallen berührt
ist eine kette von
zusammenhängenden
zufällen
unbehaust zum beispiel
ist ein fall und nicht
zufällig gesetz
unbehaust ist die ordnung
wie der zufall der
dich fällt

natürlich

könnte ich vorher
das handtuch
werfen
den löffel
abgeben
bei sinnen
und nicht gefundenem sinn
das tafelsilber entsorgen
mit oder ohne segen
das weltliche segnen
ohne reue ohne trost

natürlich
werde ich weitergehen
wenn die füße
den dienst versagen
erfindet der kopf
die gängigen
prothesen

tagläufer

auf den weg gebracht
klein
unscheinbar
wendig solltet ihr sein
geländegängig
drahtig muskulös
wörter zum festhalten
haltet ihr mich
an euch häng ich
unbelehrbar
mit eigensinn

die kleinen betrüger

auf samtpfoten
kommen sie
wie gerufen
mondsüchtig
für das nächtliche
mit zungenkuß
für das tägliche
manöver
und wer hätte gedacht
und wie einfach
von den lippen
verrat kommt

alles in allem

ein windiges spiel
woran ich festhalte
hält mich nicht

bilder
die ich sehe nicht sehe
die mich nicht sehen
durch die ich hindurchgehe

licht
das ich sehe nicht sehe
das mich sieht nicht sieht
durch das ich hindurchgehe

täuscht
helle flächen tragen
weiter als dunkle

schnee trägt
und den weißen
wüstensand
sah ich schon einmal
von oben

rabenschwarz

fallen sie ein
federwirbel
im galgenbaum
rabenschwarze tage
vorbei
nachtigallschluchzen
lerchenflöten
süßholzraspeln

was noch zu haben
ist zusammengetrieben
und abgesegnet
es herrscht kein mangel
an preisgegebenem

sicher

das tief wird weiterziehen
ein anderer härterer wird
die tränen stocken

die schwarzentblößten
werden milchbärte tragen
engel gläserne herzen

der himmel ist leergefegt
hier unten kein mensch
sicher

tiefste vergangenheit

weil wieder ist
was war
ist
was geht
gegangen ist
bleibend
ein gehen
ohne die zeichen
zu achten
die markierungen
die einheiten
hell dunkel
die erhobene hand
der angehaltene atem
hurtig läuft der kleine
unbedingt
zeitigt der große
die kreise
erreicht
berührt
überschreitet
den unterlegten reigen
unbeachtet
läßt er zurück
geht an
kommt um
geht um
jetzt
ist tiefste vergangenheit

berechnung

mit mir sollten sie
nicht rechnen
das tägliche einmaleins
beherrsche ich nicht
verliere stunden tage
zeit die unbekannte
nicht zu errechnen
das zurückliegende
die summe aus frühstückseiern
rückzügen anschlägen
versäumtem verträumtem
ist was war gleich schicksal
und wie errechnet man
ohne engelshilfe und geduld
den mehrwert von herz
den von seele
kein taschenrechner hilft
nur das glück läßt sich
an zehn fingern abzählen
und wie berechenbar ist angst
deine zu meiner gelegt
addieren wir
multiplizieren wir
reduzieren wir sie
und am ende
die abrechnung

1. der schrei

ich habe ihn
brauchbar geschliffen
zivilisiert
diszipliniert
artikuliert
eingeübt in
unterdrückung
fein geordnete rede
verrat

und was sich
sammelt als rest
ist verläßlich stumm
verläßt mich
nur heimlich verschämt
in tränen

halte ich ihn
fest
im würgegriff
hat er mich

nachts
auf halbem weg zum tod

II. der schrei

ein windiger
unbehauster
nimmt ihn mir
von den lippen

mein schrei
ist ein raubvogel

2

das licht im rücken

ein anschlag
von langer hand
ja von anfang an
geplant
dieser schlag
schatten
mitläufer
unterläufer
so ein kriecher
auf der überholspur
als ich aufbrach
war er hinter mir
doch hinterrücks
(man kann dem eigenen schatten nicht traun)
neben mir
im zenit unter mir
fast unsichtbar
und jetzt
nicht zu leugnen
nicht zu übersehen
vor mir
dunkelheit
bis es dunkel wird

und konnten zusammen
nicht kommen

als trüge liebe
keinen nachen
kein licht
in der nacht
trieb
flußabwärts
haltlos
das trennende
schmallippig
unsichtbar die linie
ein gedankenstrich
zwischen zwei
einsamkeiten

die insel

flügel mähen
das licht
ein gläserner ton
zerreißt die luft

zwei vögel
mit harten schnäbeln
über feingebleichtem
horn knochen häute
ein gestrandeter hund
im übergang schillernd
summt

einer segelte
gebunden
vergeben
vorbei

im wasser
die schöne unbekannte
begabt für dieses element
löst ihr haar singt
läßt sich treiben

mit einem satz

bei dir sein
wie die katze übersetzen
abgründe fokussieren
das ziel im auge
die entfernung
in dieser dunkelheit
nicht einzuschätzen
ein wort zuviel
zu weit ein wort
zu wenig zu kurz
gesprungen
wo bist du

kein grund zur sorge

es sieht nur so aus
wirklich
ich schlafe nur
mit einer überdosis grün
vegetarisch
verstrickt
zierliche fußangeln
herrisches brombeergestrüpp
dornige übergriffe ranken
und dieser mannshohe
blaublütige rittersporn
ich bin übermannt
kein grund zur sorge
das grüne versprechen hält
einen sommer

schneewittchenrosen

weiß
den ganzen sommer
während die anderen
bluten
weiß bis in den schnee
weiß wenn uns schon
schwarz vor augen wird
zeigen die späten blüten
einen hauch rosé
ein spätes bekenntnis
zu spät
sie wissen ja
wer zu spät kommt

vollmond

teilen wir den mond
dir die sichel
für nächtliche ernte
das alte werkzeug

mir die brosche silbern
schließt sie die
nachtkrause des himmels
in schöner gestriger fassung
und ganz aus der mode
vollmondnächte

ich schlug das sistrum

für den tierköpfigen
der forderte
lied leib leben
ach wie kleingläubig
folgte ich ihm
gen westen
da wogen sie mein herz
und es war schwer
schwerer als
die feder der maat
so zeugte es gegen mich
allen opfern zum trotz
vier schalen blut
vier schalen milch
ich bin verworfen
jenseits von liebe
licht rastlos
drehe ich mich
im kreis wie der kreis
mich dreht begrüße
die nacht als greisin

den tag als greises kind
frage wie kinder fragen
warum
da öffnet
meine sandpfotige
das auge einen spalt
und gähnt

Sistrum – Musikinstrument,
Maat – Göttin mit Straußenfeder auf dem Haupt.
Beim Totengericht wird des Toten Herz auf der Waage der Gerechtigkeit gegen die Feder der Maat (Symbol der Wahrheit) gewogen

kommt übers meer

aus welcher bucht
von welchem busen
pfeift
nimmt
verwirft
mein schönschreibblatt
blau wörter
wie amsel und liebe
papierenes windspiel
räumt auf
soll ich weinen
lachen
mir bleibt
genug
ungesagtes

dreimal

traf ich den engel
dreimal
bat ich ihn zu tisch
er trank meinen wein
er aß mein brot
er brach mein herz
der schmerz
gab mir augen
ohren mund wörter
reich war ich
als er ging
schickte er
dürre hunger
lehrte mich
lieben
den vogel der
über der wüste kreist

gefaltet

wie ein schirm
flugunfähig
eingekerkert
sagst du seist du
zeitlebens
habe ich anteil
an deinem sein
und könnte doch
traumlos
satt schläfrig
könnte ich
sein ohne dich
ist hier mein teil
das dunkle
mit händen zu fassen
trittfeste schatten
lebenslang
werden wir zwei
eins sein
bis ich dir absterbe
den puppenzustand
dir ansterbe
erdenschicksal
neue facetten
reicher bestickte flügel

3

gast im arabischen zimmer

muß man
zurückgehen
um zu sehen
was sie sahen
ihren standort suchen
im arabischen zimmer
afrikanischer tand
unverändert
der blick auf strand
hunde und herren
ich fand ihre hand
geschriebene botschaft
und sehe nicht
was sie sahen
verzeihen sie
verehrter
wie kamen sie
mit ihrem blick
ihrer weltsicht
zu dieser einsicht

»Dennoch und trotz allem werden die Menschen eines Tages wie Brüder untereinander leben« – Gästebucheintrag, Maxim Gorki, Heringsdorf, 25. September 1922

nachsaison

die nacht das bett
kaffee und kaffeesatz
zukunft zum halben preis
die halbe sonne
den ganzen tag
krebse aus dem krebssee
zum halben preis
den ganzen himmel
das ganze meer

brauchst du mehr

im liegestuhl neben dir
im doppelbett
die andere hälfte
dein halbes glück
halbieren
um keinen preis

vor dem spielcasino

auf einer bank
mit schatten
kaum zu befürchten
daß dieser
mehr will
als mir lust machen
aufs eigene glück
nichts geht mehr
sagt er und geht
vielleicht
das nächste mal

drei fische auf blauem grund

und alles was hinabsank
schweigt
das meer kein spiegel
keine seele schwebt
kein boot
von menschenjägern
keine spur
nur das schmutzige laken
schwappt an einen strand
voller steine
wer wirft den ersten
grau sagt eine stimme
von nirgendwo
grau waren sie und schnell
wie das vergessen

nebelalter

ich kann die hand
vor augen und die andere
die lenkt nicht sehen
den kurs nicht halten
dieses trügerische
blinken
leuchten
das feuer die wärme
teuer bezahlt
die irrwege kosten mich
mein leben

abermals

ein himmlisches spektakel
schwefellichter höllenfackeln
das blutunterlaufene auge
sonne regen
abermals
ein regenbogen

wir sind davongekommen
dem meer dem himmel
gott und seinen wundern
ist nicht zu traun

wir gehen an land
überwacht
von möwen und tauben

wir haben diesen morgen
diesen mittag diesen tag
den unterzeichneten
vertrag das bett
für eine nacht
karten sagt die direktion
sind nicht erwünscht
kredit kann hier
nicht gewährt werden

1. eine geschichte mit bart

was zum teufel geht hier
vor taucht auf
aus dem nichts
als wären wir nicht
gewarnt tritt auf
leibhaftig dieser leichtfuß
urvater schwarzer schafe
dieser schnauzer
geht mir um die beine
unschicklich
gehört an die leine
gleich gibt er pfötchen
und will die ganze
hand

II. schattenspiele

bärte diesen kenn ich mit namen
ein poet die anderen seebärte
militärs königlich preußisch
auch braungebliebene rotgebliebene
weiße dreitagebärte spitze breite
gebundene gestutzte wilde
berüchtigte und berühmte
auch bartlose natürlich
ratlos streunende licht
suchende
schatten

III. ein kindergesicht

das fällt aus dem rahmen
das fing kein maler keine linse
fängt kein spiegel ein
zeigt keine spur
gelebten lebens wurde
wie es scheint
vorzeitig zurückgegeben sucht
was man ihm nahm nimmt
mich an die hand
wir schwatzen wir schweigen wir gehen
die seebrücke hinauf bis zum ende
es geht übers wasser
und weiter
es winkt
und winkt

abendmahl

wie einfach
der alltag
zusammenfaßt
rehrücken brot
apfel rose
in aller unschuld
auf dem
rohgezimmerten
vereint
das messer
das den giftgrünen schält
die rose schnitt
das fleisch
den laib

4

andere

werden weiter fliegen
ich bleibe
mir ist
der wechselnde himmel
genug
süden und norden
ost und west
genug
farbe
in schwarzen lettern
verweht
und was vorüber
ging
in kinderschuhen
mit messerschmerzen
gebückt und weiß
ist wechsel
genug
und rascher
mit der zeit
dreht sich was bleibt

münchhausens garten

die stille

spricht
mit schnappendem fischmaul
mit räuberischem schweigen
im sumpfigen grund
spricht
mit rotgebrannter
zunge ziegelrot
stein und mörtel besprechen
vergangenes

oder
wenn die stille
laut wird
tätiges wort
den augenblick einfängt
diesen

den lautlosen fall
eines apfels
ein zeichen
im verwilderten garten
ein rotes mal
zwischen anderen
roten und
pflaumenblauen und
birnengelben

ein fall
immer wieder
von fall zu fall

und
was ich mitnehme
aus münchhausens garten
den apfel
den augenblick
der alle augenblicke
einschließt

für Gaby und Matthias

das licht geht

übers gras
mit späten
sommeraugen

liest der stein
blatt für blatt
gelb braun schwarz

die stufen führen
hinaus
über das erschrittene
hinaus

schritte
holen aus
holen ein
holen heim

die abtrünnigen
töchter der luft

abendsegler

ich seh
die kleinen vampire
in den untergang
fliegen
seh sie jagen
in blutroter lache
im schlachtfeld
des himmels
seh ich den tag
mit geöffneten adern

hier

treibt das weiß
und breitet aus
eine leerzeile

für krähen
kerben den grund
des schweigens

das wächst mir zu

dort
ausgewiesen
die schwärze
der grundlose ort

dort gehen die träume
zur tränke

fliegen voraus

unbemerkt

bin ich
abhanden gekommen
bin abwegig
grünäugig
durch wiese bruch und moor
zu gänsedistel und teufelsbiß
sumpfbinse und bitterklee
den hügel hinauf
wer sagt mir
der schwarze senf
der schlangenlauch
es ginge hinunter
zum see

zum see
dort wartet einer
der trägt
auf seiner mütze
schnee

ullas garten

aus dem halbschatten
einer zimmerpflanze
der falter
todmüde
todesmutig
der schwarze
ins licht gezogen
zu spät zu früh
ins wort
zu ullas reseden
rispen rosen
zu grünen gerüchen
minze und mohn
von wort zu wort
heller
das licht eines falters
verlischt im deckenfluter
sein tod ist die pause im gedicht

kaum zu fassen

dottergelb
auf schwarzem
mutterboden
zerbrochene eisschalen
und dieser welke arm
und diese starren
krötenaugen
das abgesungene
kaum zu fassen
die alte spieluhr
springt auf
setzt ein

wer sagt denn

daß gerechtigkeit
nicht greift
die abräumende hand
entblättert kronen
wird auch mich
nicht verschonen
aber
die kleine frist
der rest ein fest
im grünen achselhaar
im kalten sommerbett
der goldene schuß

wie kommt sie hinüber

mit mohn
von schlaf zu schlaf
wer nimmt sie
in die arme
wer spielt ihr auf
das herz notiert
den puls
geht es so
so langsam
so schleppend
in ketten

schnee fällt

befällt
zuerst
die augen

vor mir
verbirgt er
den weg

hinter mir
weißt er
die strecke

weiß
ist der abdruck
meiner schuhe

eine hohlform
für den schnee

der fällt

5

das letzte gewicht

mister tallyman
spuckt in die hände
besteigt die kanzel
betätigt den mechanischen
arm hackt ab packt aus
schwingt rüber stapelt
notiert die hieven
wer sticht die sonde
in den haufen mißt
zu feucht zu heiß
nicht zu gebrauchen
luke fünf ein gang
fischmehl fürs
zwischendeck
wer ermittelt blitzschnell
und genau mein gewicht
wer ist der letzte wäger
sie kennen sich doch aus
in diesem hafen

am sandtorkai

knöpf dir den mantel zu
hier köpft ein eisiger
schau wie er mit dir
umspringt
die sehnen zupft
schluck schon
die gurgel hupft
schluck runter
oder hör endlich auf
zu schlucken
dieser blutrote fleck
bordeaux burgunder
rotspon oder

kopf hoch
noch trägst du ihn oben

the last supper in soho

das einmalige ist nichts
als die wiederholung
des einmaligen
rechtecke ausschnitte
fenster ausblicke auf fenster
himmelstürmende lichttürme
und keine erleuchtung
in jeder wabe
ein abendmahl
ein beutel silberlinge
in jedem fenster
wiederholen sich
liebe und verrat

für Edda und Andy Warhol

gotisches turmfenster

nicht die schlechteste
aussicht bei gott
der reiter verharrt
kein dachziegel fällt
die wolken flüchtig
der falke unter mir
zum schlagen nah
kreuzgänger
vierbeiner zweibeiner
nadelgestreifte
saubergescheitelte
mädchen
mariengesichter
schattige
bänkeparkplätzegräber

der görlitzer schuster

wenn er fernsah
das herz der welt sah
die sonne
und was sich ins rad legte
und es antrieb
den wüter den beweger
den sanften
und den gestrengen regenten
das treibende
das entfesselte
das eingeschlossene leben
die tore der tiefe
und die pforten des zorns
das irdische haus
die kammern des todes
wenn er die welt
über seinen leisten spannte
war der himmel nah
trost
schade wie schade
daß seine
flügelschuhe
nicht mehr passen

Jacob Böhme, 1575, Schuster und Mystiker

poseidon

was sollte es werden
was ist es geworden
eine brandungshohlkehle
bei mittlerem wasserstand
herausgeschnitten
mit langer hand
immer wieder vertieft
bis das überhängende
herunterbricht
das stück korallenkalk
zum pilz geformt
von der meerzunge
geschliffen
eine senkrechte kluft
aus der kluft eine höhle
ein bogen zum einstürzen
ein pfeiler
mit dem der unsterbliche
uns sterblichen
den abriß entwirft

so mag es gewesen sein

ein fluß
ein meer
ein traum
ein entwurzelter baum
trieren galeeren
vogelköpfige seketen
sie fuhren zum lande punt
sie luden weihrauch elfenbein
harz und hundsköpfige affen
sie lagen auf leopardenfellen
sie fuhren zu den sternen
bis an den weltenrand
ihre stimmen irrten
übers wasser brachen
an klippen kamen
aus dem totenreich
zurück

befahren sie milchstraßen
zukünftige vergangenheit
verloschene planeten unseren
erforschen
schwarze löcher
himmlische sphinxe

da hockt sie

die mutter meiner vögel
flügellahm
unterm tag
hat sich eingerichtet
im souterrain
übt sich in rush-hour
stop and go in menschlich
unmenschlicher gangart
fragt nach haltbarkeit
und sommerschlußverkauf
verleugnet den flügel des engels
selten noch seh ich sie ausbrechen
wilde gedanken
luftpiraten mit tollkühnen
loopings das stahlblaue schwert
herausfordern
den versagten himmel
kreuzen

kein aufstand

liegenbleiben
gegen
die zeitsparer
sekundenkleber
fünfminutenterrinen
maggifixundfertig
die zeit verlieren im
metaphysischen möbelstück
traumlos nichtstun
das einzige
was uns blieb
vom paradies

sibylle von c

wie sie tuschelt munkelt orakelt
zweizüngig spricht
mit norbert dem weisen
mit fritz dem vergangenen
hartmut dem bruder im dieseits
von spurlos verschwundenen
ich weiß sagt die stimme
auf meinem
anrufbeantworter
du bist da
ich sehe dich
ich sage dir
er sieht dich
diesmal
zum letzten mal
sieht er
von dir ab
das sage ich
ganz im vertrauen

im schwarzen kasten

liegt sie bereit
abrufbereit
meine stimme
ich gelöst
unter rosen neu
rosen frauenmantel
vielfarbigem
stimmgewirr
stimmlos
verwunschen
dreimal
kehr ich zurück
drücke die tasten
hand auf dem rücken
finger gekreuzt
und behaupte
es gibt mich noch

unzertrennlich

die zwei
kaum voneinander
zu unterscheiden
immer ähnlicher
mit der zeit
vielleicht wissen
sie selbst nicht mehr
wer wer oder was ist
und sagt vielleicht
waren sie immer
ein siamesisches
paar ein herz und
zwei zungen
oder zwei herzen
eine zunge
wahrheit und lüge

jahr für jahr

wer will zurück
was vergangen ist
was in die irre ging
zurück ihr narren
ihr schwarzlippigen
hohlwangigen tänzer
jetzt ist hier
hier ist kein ort
kein halt kein schoß
zurück
du altes tiergesicht
du bist vergangen
bist du nicht
von der liste gestrichen
hat mein buchhalter
kein auge
zugedrückt
dann sieh her
aschermittwoch
aus und vorbei alles geht
seinen gewohnten grauen gang

könnte ich

den zorn halten
ihn einspannen
wie einen ochsen
ich würde
das brachliegende
tiefstumme
weiße
papier
aufreißen
wind säen
schwarze lettern
zerbrechen
aus den bindungen
reißen
könnte ich den zorn halten
ich würde
wehrwölfig umgehen
in unheiligen nächten

hört ihr das heulen röcheln reißen
riecht ihr das warm verschüttete
seht ich bin auf die pfoten gesprungen

könnte ich den zorn halten
ich vollbrächte
ein äußerstes
ich finge die silberne kugel
aufrecht

Inhalt

3

4

Die Deutsche Bibliothek – CIP-Einheitsaufnahme
Ein Titeldatensatz für diese Publikation ist bei
Der Deutschen Bibliothek erhältlich

Typographische Gestaltung: Brigitte Müller
Satz: Rotis (QuarkXPress) im Verlag
Druck und Bindearbeit: Clausen & Bosse, Leck
Diese Ausgabe wurde auf chlor- und säurefrei gebleichtem,
alterungsbeständigem Papier gedruckt.
Printed in Germany

ISBN 3-421-05267-0